KB053030

13월의 환희

김은정
시집

13월의 환희

siso

시인의 말

때로는 익숙하게
때로는 논리 필연적인 낯설음으로
'희노'와 '애락'
삶의 범주를 자연스레 넘나들며

미루어 좌시되어지는
허기진 영혼들의 울림을
나름 방식으로 그려보고 싶었습니다.

글에 직면되는 간절함이
비단,
점철된 질량으로의 경계를 벗어나
보다 널따란 시선의 포괄적 포커스에
의미 부여를 실어

더불어 견주은 마음
굳이 애쓰지 않아도 맺어지는
표면 속 깊은 곳에 자리한

또 다른 자신과의 교감으로 비롯되는
온화한 마음의 온도를

오롯한
독자님들의 몫으로 뒤 놓아 남기며…

감사함 담아
에두른 인사 글을 여미어 봅니다.

휘(徽), 김은정

차례

시인의 말 _4

1부

길어진 그리움 (능소화) _12

촉촉한 언어 (비) _16

하얀 별꽃 (눈) _18

가을 단상 _20

설백의 줄기 (자작나무) _23

순백의 등불 (목련) _26

만추 _28

춘설 _30

자비의 꽃 (연) _32

겨울의 비망록 _34

반추의 계절 (겨울) _36

순백의 향기 (찔레) _39

붉은 가시꽃 (장미) _43

바람 들꽃 (갈대) _46

마지막 가을 _48

2부

겉핥는 마음 (수박) _52

일장춘몽 _54

용서라는 이름으로 _56

한낱 _60

심연 _61

감히, 사랑 _62

여백의 향기 _64

꽃 진 자리 _66

못내 사랑 _68

하얀 눈물 (촛불) _70

빛바랜 그리움 _73

홍조 띤 마음 _74

겨울 애상 _76

꽃 물들어 _79

목마른 희망 _82

너를 사하노라 _84

3부

바람결에 묻는 안부 _90

노을 _93

관조적으로 _95

13월의 환희 _102

어둠의 위로 _105

느림의 미학 (달팽이) _106

냉정과 열정 사이 _108

자아를 찾아서 _110

나빌레라 _112

시나브로 _114

허(虛) _116

세월 낚시 _118

방랑자 _120

세밀 여백 _122

술의 예찬 _124

자화상 (한 해의 끝에 서서) _128

1부

길어진 그리움 (능소화)

미안합니다

제 마음이
담장을 넘었군요

님 그리며
담벼락에 기댄 마음

길어진 애절함이
그만…

담장을
넘기고 말았습니다

봄꽃 피고 지던
머언 등 뒤로

하늘 끝에 매어 달린

그리움 긴 조각들이
송이송이 맺히어

못내
뜨거운 여름꽃으로라도

기어이
피고 말았습니다.

애타는 이음줄

얼마나
길게 담아져야

님 그늘에
닿을 수 있을까요

저물어 가는
해 그늘 밑

고운 선홍빛
등불 밝히어

이제나 저제나

오가는 발길 따라
담장 밖을 더듬습니다

어서 오시게요
더 늦기 전에

늘어뜨린 그리움
꽃이 사위어 갈 때

꽃 되어 담긴 마음

함께
사그러질까

두려운 마음도
길어집니다

촉촉한 언어 (비)

새벽을 지나는
새하얀
빗줄기 그물

'또닥또닥'

그들만의
다정한 언어로

'타닥타닥'

초록 잎새 위에
음표를 매달은 듯

은밀히 습기 머금어

잔잔하게
스며드는 그리움

'두근두근'
보고픔 먼 사람아

'자작자작'
내 창가에 단비로 다가와

시린 이내 마음도

'촉촉' 부드럽게
흠뻑 적시어주오

하얀 별꽃 (눈)

간절하면
가닿으리라는

허공에 움켜쥔
아련한 그리움이

새하얀 별꽃으로
피어 내려옵니다

손바닥
그늘 가리개로

하늘의 해를
가릴 수 없듯

눈물로도
채 가려지지 않는

들불처럼
번져오는 먹먹함

새하얀
눈밭 위에

몇 번을 적어도

되뇌이는
이름 하나

썼다 지우고

썼다가
다시 지웁니다

가을 단상

나의 밤은
무너짐으로 가득 차

발 디딜 틈조차
보이질 않는다

흘려보낸
배재된 시간들

진실 밖의 이야기는

그야말로
그에 말미암을 뿐일지라

자조로운 위로에

더 이상
마음을 부리는 건

절망보다 더 지독한 사치

뒤 놓아
텅 빈 마음으로

주륵
비가 내린다

나는 다시
구멍 난 우산을 쓴다

더 이상
절망하지 않기 위해

차라리
희망이라 믿었던

소중한 시간들을 위해

가을…

소리 없이
바래져 간다

설백의 줄기 (자작나무)

자작나무
숲으로 간다

하늘 향해 뻗은
설백의 줄기

맑고 창백한
하얀 겨울

발가벗은
부끄러운 민낯

숨김없는 알몸
세상 열린 숲에서

'자작자작'
그들만의 소리를 낸다

가까이 볼 수도
보듬을 수도 없는

하늘 끝을 향해
머리 맞닿은

애달픈 몸짓으로

'자작자작'
보고픔에 타들어 가는 소리

'자작자작'
그리움 잦아드는 소리

'자작자작'
그리움
아직 다 태우지 못한

애타는
마음들 모여

하늘만 올려다본다

울먹이며 떨어지는
저 별똥별 사이로

애꿎은
내 마음도 따라 소리를 낸다

'자작자작…'

순백의 등불 (목련)

그 누가
새하얀 보숭이를

나뭇가지 위에
살포시 올려놓았을까

그 누가
뭉게구름 조각 지어

나뭇가지 위에
살포시 매달아 놓았을까

새초롬
순백의 자태

감히
이슬조차도

꽃잎에 스미지 못하고

또르르…

풋풋한
열아홉 처녀의

봉긋 가슴
수줍음 닮은

순결한
백색의 등불이어라

만추

어느새 바래져
길게 드리운 초침의 그림자

감나무 끝에 매달려
'대롱대롱'
선홍빛으로 나부낀다

무단
획으로 날아드는

날카로운 한 줄 바람에도

'사그락'
휘몰아 처연스레 구르는 낙엽

그 스산함마저도

더없이
쓸쓸한 고독

의미 부여치 않은

겸손불모의
포로인 듯

저마다의 몸짓으로

더 깊게
짙어가는 가을은

다 내어준
느긋함을 품고

쌉싸래한 갈빛으로

숙연하게
물들어간다

춘설

'춘래불사춘'

철 지난 절기
되돌린 겨울

아쉬운 마음
하늘에 맞닿아

기어이
하얀 눈꽃으로 내려옵니다

길고 긴
인고의 시간들

그리 허투루일까…

춘꿈에 밀린
흘깃 겨울

못내 아쉬운
이별의 위로인 듯

겨울은
설꽃이 되어 내려앉고

때 이른 싹눈
때 아닌 늦눈

화들짝
차갑게 얼어버린 봄의 설레임

망각의 계절 앞에

쉽사리 봄은
그리 녹록지 않으리니

자비의 꽃 (연)

참됨과 선함의
발아래 진흙뻘

두 갈래
운명의 엇갈림

녹록지 않은
눅눅함 아랑곳없을

붉은 빛깔
굳게 다문 입술

어느 흔들림
굴함 없이
곱고 곧은 자태

영롱한 이슬 머금고
한껏 끌어올려

마침내
인고의 시간 속

심청이 환생하듯
아름답게 피어나

온 세상
환하게 밝혀주는 등불

"연꽃"

그야말로
진정한 부활의 쓰디쓴 깨달음

자비로운 부처님의
꽃 중의 꽃이로구나

겨울의 비망록

순결하게 타올랐던
시간의 등짝

시린 바람 끝에 걸린

깊은 눈동자의
습한 기억 속으로

각인되어져 가는

사랑보다
더 사랑했던

기다란
침묵의 포자들

내 안에 숨죽인
반박 없는 거역

깔색 없는
투명의 움직임

그 무엇에
꼬리표를 매달아

함구에 붙인 부제의
초췌한 그림자

못내 거두지 못한
무게 실린 열망

몸살 앓듯 토해내는

벌거벗겨 갈라진
차가운 그늘의 목마름이여

흐느끼듯 신음하는
허함에 타는 갈피여…

반추의 계절 (겨울)

느릿한
햇볕 그 아래

시간은 잠시
무거움을 내려놓았다

황량한
들판이 그러하고

풀도 나무도
익숙한 듯, 어김없다

순간
정지해 버린 듯한
기다림의 시간들

마치
묵언수행 노승의
굳게 다문 입처럼

어떠한 소리조차도
숨죽여 겸손해진다

저마다
배고픔을 휘감은
불치의 허기는

골목 어귀
무형의 침묵 앞에
체념으로 반추하듯

서걱이는
겨울바람마저도

삭아드는 한숨 소리만
크게 들려올 뿐

고요만이
더 고요하다

순백의 향기 (찔레)

그 누가
그의 향기를 슬프다 하였던가

초록 짙을 무렵

가시덤불
찢기운 상처

굴함 없이 딛고 나와

순백의 자태로
치명적 향기로

홀연히
승화한 꽃

그 이름 찔레

누군가의 기억에

허기진 배고픔 달래주던
눈물 꽃으로

달 그림자 향기 속

애끓는 사랑
불태우던 그 밤으로

흠모하는 님
그리움에 사무친 눈물

옷고름 적시던
아낙네 순정으로

우리네 삶의 찰나에
순백의 향기를 품어

그리움은 가시로

사랑은
하얀 순백으로

눈물의 회한은
빨간 열매로 남아

온누리
그 고운 꽃 향에 취해

행복하였음을

꽃잎 떨구어
되돌아가야 하는

가시덤불 모진 운명

슬픔일랑
거두어 주기를

꽃 진다 한들

우리 영혼에 치명적인
향기의 낙인으로

오래도록
여운되어지리니

붉은 가시꽃 (장미)

흐드러지게 춤추는
무희의 붉은 입술에서

감히

그 누구도
범접할 수 없이

고혹의
자태를 발하는

붉은 가시꽃
그의 이름은 장미

가까이하지 말라 하였지

뾰족함이 이미
드러나 있지 않던가

요염한 꽃잎에

겹겹이 쌓인
감추어진 속내

잔인한 가시의 모순을
일찍이 경고했거늘

그럼에도
가까이 감수하고자 함은

붉은 혈을 부르는
스스로의 몫인 게지

어찌할 텐가

주체할 수 없는

드라큘라의
날카로운 송곳니처럼

자줏빛이 더할수록

가시는
거세어질 것이리니

즐기시라

사그라들기 전
고혹의 요염한 자태를

숨죽이게 하는
흑붉은 유혹의 향기를⋯

바람 들꽃 (갈대)

저 너른 들녘

넋 없는 영혼
바람과의 속삭임

죽음 그늘
희어진 소복

새하얀 꽃으로 피어

일렁이는 너울에
실오라기 하나까지

부서지도록
흔들거려야 하는

뿌리박혀진 모진 운명

빛바랜
생의 끄트머리

슬픈 바람꽃
갈대

지나는 작은 바람에도

흐느적 흐느끼며
서로의 이마를 마주 댄다

마지막 가을

무엇이
이리 아프게 하는지

무엇이
이리 슬프게 하는지

눈물 어이 흐르는지

행여
묻지 마오

세월
그 겹을 두른다는 것

그 또한
저 가을 낙엽처럼

비우고
지워내야 하는 것일지도…

화려했던 푸릇 잎새
회색 짙어 낙엽 되고

열매 떨군 들녘

휑한
쓸쓸함만 더하여 가니

가을…

그도 나도
허전함에 흐르는 눈물

어인 눈물인지
묻지 마오

눈물
저절로 흐르는 것을

2부

겉핥는 마음 (수박)

저마다의
한아름 부푼 꿈

이유 없을 존재
또한 만무하니

겉핥고
훅 내뱉는 심사

새까만 씨앗으로
내심 견주어

홍빛
속살에 감춘 순정

옹기종기
알알이 박힌 마음

서로 속 깊은
정으로 보듬어

동글동글
둥글게도 담겼어라

촉촉하게
무르익은 너의 속살

한입 베어 문 혀끝에
감도는 부드러움

어줍어 홍조 띤

풋사랑 맛이
이보다 더 달콤할까…

일장춘몽

꽃은 꿈일지라…

가슴 한켠
애움 자리 간직한

빈 꽃가지 하나
마음에 꽂아두고

기나긴 밤
새하얗게 지새운 꿈

봄날 이르러
일장에 춘몽이련가…

나비,
고운 별 따라

새털처럼 가벼이
날아들어 오려무나

이내 모를
설레임으로

님 마중하는
마음이리니…

용서라는 이름으로

이 소치를
용서하시오

아니,
용서치 마시오

나의 부덕을…

세상의
어느 한 모퉁이에
서 있는지도 모르는

그저
바람이 이끄는 대로
빛바랜 꽃잎으로

훌훌 떨어지면
그뿐인 내가

감히
무엇을 탓할 것이며
그 무엇의 허물을 책망하리오

그건 결국
스스로를 향한
질책이었는지 모를 일이오

용서하시오

마음속 앙금에
지우개를 대어주시오

점차
약해져 갈 나의 기억은

수용의 깊이와
어긋난 믿음

그 옹이진 기억으로
살아질 것이리니…

혹여,
지나는 나의 바람에라도
생채기로 남겨진 마음

용서라는
속죄의 이름을 빌어

조용히
면죄부를 청하여 보는 밤

낡은 별이고픈
내 소박함은

왠지 모를 눈물이 되어
두 뺨으로 흐르고

오늘 달빛은
유난히 밝기도 하구려

마치
번뇌의 구름을 벗어난 듯하니…

한날

바람
바람일 뿐인 게지

그저
바람일 뿐일 게야

이 모든 것이…

한날,

스쳐 지나치는 바람처럼
스쳐 지나치는 세월 입고

무딘 듯

이냥
또 그렇게 가보는 게지

심연

가슴 턱까지
차오르는

스스로를
옥죄이는

소리 없는 울부짖음

가슴을
두드려도 보고

후우~

가는 한숨도
내뱉어 보고

감히, 사랑

차마
헤아릴 수 없어

눈물로
써 내려가는 부호

그 무형 앞에

스스로의 존재
되새김으로 흩어지지 않을

수시적 배반의
순진한 기대

담아둔 마음
짧은 행복으로 짙어지는

채울 수 없는
영혼의 갈증은

시커먼 숯으로

스러지는 노을빛 되어
흐느낄 뿐

허덕이며
되돌아오는 슬픔의 질량

차디찬 눈물로도
차마 놓지 못하는

감히, 사랑
그 사랑으로…

여백의 향기

들꽃처럼
살아져도 좋으리라

화려하지 않아도 좋으리라

소박한 들꽃으로도

무겁지 않은 향기
충분하리니

그리 살아져도
나쁘지 않으리라

들꽃으로 살아간다는 건

열어놓은
마음의 자유

혹여,
비바람에 남루할지라도

변함없는 자리
홀씨로 남아

그만의 향기
여전할 터이니

너른 들판 여백의
넉넉한 마음으로

본연 그대로의
자유로움을 즐기리라

꽃 진 자리

그대
꽃 진 자리 서글퍼 마오

꽃잎 떨어지는 것이 아니라
내려오는 것이라오

그대
꽃잎 내려온다 서글퍼 마오

화려했던 꽃
저마다의 향기 다하여

열매에게
꽃 진 그 자리

기꺼이
내어주는 것이라오

그대
꽃잎 떨구는 향기 서글퍼 마오

꽃 진 그 자리
부푼 열매의 꿈

넘실
춤을 추듯
흥에 겨워 내려오는

기쁨의
가벼운 날갯짓이라오

못내 사랑

숨 가쁜 숨을 몰아
두 팔 벌려 안아 들어

점점 굵은 소낙비로
흠뻑 젖어들던 마음

못내 사랑은

가지 끝에
대롱이며 매달린 채

그리움 울먹이며

숨어드는 아픔으로
먹먹한 반점으로

깃털 같은
눈물로 파고들며

한쪽으로만
기울어지는

고장 난 추였음을

그리움
못내 사랑은…

하얀 눈물 (촛불)

습관처럼
나탈거리는

허허로운
그런 밤이 있습니다

한낱

바람 앞에 촛불
공기 중에 먼지일 뿐이라는

모순의 투명한 진실을 두고

밤을 세운 체념과

외가닥
신기루를 되짚어

여전히
서럽게 나뒹구는

얄팍한 분노 앞에

영혼의 가장 맑은
마음의 촛불을 켭니다

춤을 추듯

뜨겁게 태우며
흐르는 하얀 눈물

어둠 짙은 이 밤
촛불을 켭니다

휘청이는
그를 태워 나를 얻고자

또 다른
나를 태웁니다

빛바랜 그리움

비바람
부대끼는 것은

하나하나가
눈물일 터…

거스를 수 없을 순리

어느 것 하나
비굴하지 않은 자연

봄을 품은
질펀한 오후 햇살 아래

촉촉이
혀끝에 와닿는

빛바랜 그리움 하나…

홍조 띤 마음

파릇한
3월의 손사래

낡은 시간 몰아내는
청아한 바람 소리

분홍빛 바람은
솔내음 실어오고

촉촉이 물기 머금어
파릇 잎새 돋우운다

부스럭거리는

차디찬 갈피의
힘겨운 맞물림

허물 벗는 꿈 조각들의

맑은 생명
다시 피는 계절

온화한 봄 햇살에
서로 앞다투어질

꽃들의 환한 웃음

활짝 필 향연
함께하고픈 두근거림

꽃샘바람에 날리운다

홍조 띤 설레임에
이 마음 실어

겨울 애상

마른 들풀
바람 소리에

서걱이는 마음

빈 삭정이
기침 소리로

한껏
웅크린 겨울은

계절의 끝도
계절의 시작도

이미
정지해 버린 듯

남루하고 초라하다

마음에서
마음으로의

쓰디쓴 강을 건너

어김없이
되돌아오는

굶주림의
흔적 없는 바람은

제 소리 없이
사그라들고

기다림의 허무만이

먼지로 녹아질
시간의 바퀴 속으로
깊어만 가는 밤

쉼표와 마침표
정체성의 부재 속에

오늘은
또 내일로 이어지고

다시 겨울은
제 빈 마음 찾아

의연하게도
천천할 뿐…

꽃 물들어

그 누군가를
맘에 두는 것은

서로가 서로에게
물이 들어가는 것이리라

내가 그에게
그가 나에게

그만의 향기로

아름답게
물들어 가는 것이리라

그 누군가를
사랑하게 되면

비워내는 것이리라

그 사랑이
넓고 깊을수록

내 마음 자리를
비워내는 것이리라

그러하여

꽃 물이 들어가도
좋으리라

나의 마음
비움 놓아도 좋으리라

사랑…

그 깊은
무형의 부름이

내 마음을 움직이리니

제 절로
제 절로…

목마른 희망

깨어있어도
잠들지 않는 흐린 불빛

가슴을 짓누르는

저 무수히 갇힌
희망의 조각들

쉬지 않고
소리 없이 흘러넘쳐

잿빛 하늘 향해
울부짖는다

더 이상 갈 곳 잃은
이 벼랑 끝에서

찢어지듯 절규하는
가련한 희망이여

바람이거나
구름이거나

크게 품어
활짝 열어 제끼거라

삶의 더 이상

정처 모를
이방인의 것이 아니리니

끝끝내
살아 숨 쉬어

시퍼런 환희의
새벽을 맞이하리라

목마른 희망의
환한 웃음을…

너를 사하노라

오만한 슬픔이
말을 건넨다

영혼을 밀치고
들어오는

거부를 배제한
틈새 비집어

삶의
거짓 난무 범람하는

참을 수 없는
침묵의 동조

묵인으로 지켜보는

구역질스러운
절망의 무게는

찢기고
할퀴어진 상처로

언제나처럼
이미 익숙하다

처음과 끝이
하나의 연결고리

뫼비우스의
정의된 띠를 손에 쥐고

다른 한 손엔

결국
쓰러지고 나서야 끝을 보이는

거울을 거머쥔 채

성장 속의 정의는
폐부의 투지로

아직
뜨겁게 살아 숨 쉬어

울부짖는 시린 발로

다시금
물에 잠긴다

그마저도 낭만이라

자조 섞인
쓴웃음 뒤로

또 다른 나에게

슬며시
다가가 속삭인다

기꺼이
낡아가리라

그러니 이제 그만…

나를 놓아
나를 사하노라

3부

바람결에 묻는 안부

가을밤 찬바람이

풀잎에
이슬로 맺힙니다

멈추고 싶은 바람은

물방울이 되어
풀잎에 앉았습니다

멈추지 않는
그리움의 바람은

허공을 헤매돌며

허한 가슴에
이슬로 맺어둡니다

다행입니다

그대
그리워할 수 있는

심장이
아직 뛰고 있으니…

이 뜨거운 떨림이

초라할
눈물겨움일지라도

그 곁을 내어 두는 것

그도
사랑이라 여겨봅니다

귀뚜라미 소리에
단풍 젖어드는 밤

스산한 바람결에

그대의
안부를 묻습니다

보고픔을 다독이며…

노을

온 세상
어두운 새벽

여명으로 치솟아

불타오르는 열기

제 슬픔마저도
뜨겁게 제물로 태우듯

한낮의 열정 끝에
제 돌아드는 길목

이승과 저승의
갈림길 같은

장엄한
최후 전투에서의

피범벅 패잔병으로

기울어가는
해그림자

여명의 기약
못내 아쉬운 노을은

하늘 끝
수평선 저 너머로

붉디붉은 그물을
곱게 깁고 있다

관조적으로

〈하늘〉

높다 한들

언제나
맑고 푸르른 것만은 아니었소

허나, 이내 또한

그 하늘 아래
검은 머리 맞두었으니

한 점 부끄럼 없기를

최선에 조아려
면죄부를 구할 뿐…

〈별〉

별은 별
그 자체로 빛나리니

허망한 욕심은
이미 부질없음인 것을…

〈달〉

'월만즉휴(月滿則虧)'

달도 차면
기우는 게지

거스를 수 없는
이치이거늘

허나
그 교교함에도 어둠은 있을지니

<해>

하루…
불변의 진리를 두고

지극히
공평이란 희망을 떠올리지

날이 더하여질수록

뉘엇
붉은 해 걸음이

편안하게 다가옴은

태초
돌아갈 곳으로

마음 또한
기우는 이유일지라

〈구름〉

잡힐 듯
잡히지 않는 불변

해와 달의
휘함을 가릴 수 있는 건

단 하나
흘러가는 구름뿐이리니…

〈바다〉

검푸른 침묵

그 무거운 몸짓에도
의중은 있으리니

바람과의 해후

부서지듯
하얀 포말로

속내를 포효하지

〈꽃〉

'화무십일홍'

열흘 붉은 꽃
없다 하였던가…

꽃이 향기롭다 느껴지는 건

그 짧은 향
더한 아쉬움 탓일지라…

〈바람〉

쉬임이 없지

머물러지면
바람이라 하겠는가

바람을 키질하는
그 어리석음이라…

하늘, 별, 달, 해, 구름, 바다, 꽃, 바람

세월의 언저리

그 결을 지켜주는
영혼의 안식처

순리
그 자체로 살고 지고

결국 제자리

본연 그대로의
본연으로

다시금
되돌아갈 터이지…

13월의 환희

앞선 걸음
뒤잰 걸음 없을

한 조각 하늘로
한 자락 산으로

햇빛과 바람이
숨을 타듯

기우는
태양 빛의 승화

13월의 환희
소천…

살아 다 태우지 못한
수없는 마음불

차가운
육신에 묻어

원 없이 한없이

뜨겁게
태우고 또 태워

향기로운
향내로 남겨진

한 줌의 재

주어진
삶의 무게는

한낱,

뜨거운 한 줌의 버거움이었음을…

훠이~

새털 같은
바람에 실려

저 하늘
흘러가는 구름 타고

맑은 영혼되어

자연 품에
온유히 안기리니

어둠의 위로

칠흑에 묻힌
세월 한 자락

"짹깍짹깍"
위로의 속삭임인 듯

가히
멸하는 초침 소리

여명을 향한 질주
어둠의 허리는

점점 휘어져 가고

지친 이 밤이
느긋이 쉬고 떠나주기를

숨죽여 기다리는…

느림의 미학 (달팽이)

세상에서 가장 느린

스스로를
등에 지고 가야만 하는

현생의 모진 운명

소멸의 초침을
등에 얹고

폐부 깊숙이
들이마신 숨

되뿜듯
크게 내쉬어

앞으로 앞으로
걷고 또 걷다가

심장이
다 타들어 가는

인연의 마중길

포기를 잊은
느릿한 질주

오롯한
바람을 벗삼은

숙명의 머나먼 여정

그는 간다
묵묵히

스스로를 등에 얹고
스스로를 등에 지고…

냉정과 열정 사이

어둠의 등짝
바람결 따라

무심한
밤 별들을 불러모아

허허로이
길을 묻는 구름 나그네

사사로운 권태

기다랗게
늘어뜨린 하루

상심의 희비

알량함 아랑곳없을
양심과 희망

자조로운
위안 매만지는

냉정과 열정 사이

허한 목마름
스치우는

무릇, 열정

외면하듯
사위어드는

모름지기, 냉정

자아를 찾아서

그 꽃 예쁘다
꺾어 잘라 꽂았더냐

지는 꽃 시들었다
짓밟았더냐

인고의 뿌리로
길게 이어진

계절과 꽃의 인연

당초
기약 따위 아랑곳없을

진심과 가심의
어지러운 언저리

그릇된
본질을 탓하려가

변질된
이치를 흠하려가

시비를 녹여
고요의 앙금으로

희비를 삼켜
부드러운 소망으로

한도 고도
태우고 태워 밝힌

숨 가쁜 너그러움이

자아를 찾아
사뿐히 내려앉는다

나빌레라

뉘엇뉘엇
졸고 있는 햇살 너머

차가운 칼바람
소슬 세워 스치운다

쉬이
머무름 없는 바람이라…

무소유의 진리 앞에

번거롭구나
그마저도

맑고 정갈한
등 굽힌 하심

인내의 한 줄
빛이 되어지나니

비로소
번민을 놓아

훨훨 나빌레라

홀연히
고요의 품에 들어

시나브로

내 한 몸이 꽃이면
온 세상이 봄일지라

거스름 없을 섭리

어쭙잖은 들풀조차

제격 나름
아름다운 것임을

살갗 스치어
에어들던 바람 지나

온기
더한 빛을 발하리니

보고 지고 보고 지고
맴을 타는 마음

잊는 것보다

쉬이
기다림이라 하였던가

시나브로…

꽃도
곧 피어줄 터이지

흐드러진 허함에

살랑
바람 일어주니

허(虛)

허하더냐
허가 보이더냐

무엇이
비었단 말이더냐

아픈 마음이
기별을 보내더냐

무엇을 찾아
어디서
그리 헤매이는 것이냐

그토록
찾아 헤매이는 것이

허한 마음속

그 안에
네가 아니었더냐

어찌해야 한다더냐

그 누구도 대신할 수 없는

오롯한
허함의 제 몫의 모양인 것을

고요 속에 들어
습기 어린 마음을

먼저
보아야 하거늘

토닥여
보듬어야 하거늘…

세월 낚시

세월을 낚습니다

잔잔한 호수에
지난 시간을 드리워
세월을 낚습니다

혹여,
잔재하는 자만을
바늘에 끼워

물속 잠겨 있던
겸손을 낚아 봅니다

돌이켜 버거웠던
조급함의 무게를 달아

너그럽고
보다 관조로울
자신을 낚습니다

시간을 드리워

아름다웠던
추억을 낚습니다

세월을 낚습니다

방랑자

나는 보잘것없는
한낱 방랑자

이 대자연의
순리 앞에

내 것 아닌 내 것으로

잠시
취하고 얻을 뿐

그 무엇을
바라고 더하리요

이내 봄은 그저

그 무엇보다
경건한 마음으로

글을 남기리요
시를 쓰리요

잠시 잠깐 돌아들어
세월 입어 다녀가는

나는야 방랑자

소풍 끄트머리

길모퉁이 돌아선
내 그림자 앞에

'자연 벗삼아
초연히 살다가다'

그리 쓰여지길
바랄 뿐이지…

세밀 여백

세밀
시간의 아련함

미쳐 채우지 못한
여백 너머

허한 웃음 밀려온다

아쉬움 따라 기우는
뜻 모를 마음

틈새 탐닉하여 가는
휑한 바람결

무언가 잃어버린

심오한 미궁 속
부조화에

헝클어진
허함 찾아들어

애써 여미어 놓은
마음 한켠

세밀 여백의 쓸쓸함을
한껏 부추긴다

술의 예찬

네가,
'맑고 솔직하다' 일컫는
그 '술'이렸다

그래 봐야 기껏,

투명한 척
맑은 '현혹' 뒤에 감춘

'물'에
지나지 아니한 것을…

허나,
자네를 무시할 수 없음이니

물인 듯하여
속을 훤히 비춰

설움, 시름 토하게 하니

그 신통함을
인정할 수밖에

그러니
내 자네를 귀히 여기건대

고마움의 보답으로
약속 하나 하려 함이니

자네를
내 안에 들이는 명목하에

얕은 의지의
비겁한 변명은

절대 행하지 않으리

또한,
대적함에 있어

술이 술을 먹는
불상사가 없도록 약속하네

삶, 그 어느 순간

인간의 우월함을
논할 기회가 오면

내 기꺼이
엄지손가락 서슴지 않으리니

세파의 애환에

혹여라도
취하여 흘리는 눈물이

세상과 타협에
굴함 없이

마주한 이 자리에서
거듭나 주기를

염치없이 바라도 본다네

고마우이
이렇듯 벗하니

덕분에
세월 긴 소풍 길에

헛웃음도 한번
지어 보는 게지

다시 만나세

내 안에
못남이 그리울 때

그때 다시 찾아오리니…

자화상 (한 해의 끝에 서서)

물처럼
흐릅니다

돌처럼
제자리입니다

소슬한 하늘
다를 것 없는 풍경

숙명적 권태
정해진 굴레

반은 고요
반은 스스로의 침묵

서로를 보듬는

해의
갈피에 서서

비로소

나약한 인간임을
재고합니다

계절을 따라
흐드러지는

꽃잎이 아닌
찰나가 아닌

본질적인
자연의 이치 앞에

초연이 찾아들고

삶에
지름길이 존재하지 않음에

의연한 모습으로
부여잡은 감수성은

스스로 택한
마지막 양심

과녁을 벗어난 화살은

허공을 맴돌다
결국 되돌아든다는

소멸되지 않은
진실 앞에

스스로의
치열한 반문을 내던져 보는

다시
되오지 않을 밤입니다

13월의 환희

초판 1쇄 2024년 4월 30일 발행

지은이   김은정
펴낸이   정윤아
디자인   김태욱
펴낸곳   SISO

출판등록 2015년 01월 08일
이메일   siso@sisobooks.com
인스타그램 @sisobook_official
카카오톡채널   출판사SISO

© 김은정, 2024
정가   15,000원

ISBN 979-11-92377-33-9 03800

• 잘못 만들어진 책은 구입하신 곳에서 교환해드립니다.
• 이 책에 실린 모든 내용에 대한 저작권은 지은이에게 있습니다.
• 저작권자의 허락 없이 다른 매체에 그대로 옮기거나 복제, 배포할 수 없습니다.